L'île aux Histoires

Textes de :

Mireille Saver, Caroline Guirriec, Corinne Machon, Karine Perez, Sandrine Monnier-Murariu,
Odile Delattre, Florence de Finance, Marie-Josée Besnard-Bardinat, Chantal Amblard

Illustrations de :

Marie-José Sacré

Les larmes de Justin

de Mireille Saver

Au fond d'une grotte, tout en haut
d'une colline dominant une vallée
verdoyante, vivait Justin le monstre.
Justin n'était pas un monstre comme
les autres.
Justin était un monstre triste,
très triste. Personne ne l'aimait.
Il avait peur de tout le monde et
tout le monde avait peur de lui.
C'est vrai que Justin était laid,
laid comme un monstre.

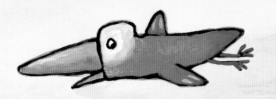

Des beaux yeux de Justin sortait,
une fois par an, un flot de larmes.
Le jour de son anniversaire,
Justin était très triste
car personne ne pensait à lui.
Et comme Justin était très triste,
il pleurait, pleurait, pleurait…

Ce que Justin ne savait pas, c'est
que ses larmes remplissaient la
rivière et rendaient la terre fertile.
Si les habitants de la plaine le
craignaient sans le connaître,
ils le remerciaient de faire grossir
les ruisseaux, d'arroser les légumes
et de donner à boire aux animaux.

Cependant, une année Justin décida qu'il ne serait plus triste.
Il ne voulait plus pleurer. Il voulait oublier sa date d'anniversaire.
Et, cette année-là, Justin ne pleura pas.
L'année suivante non plus. Les villageois étaient désespérés.
Le sol devenait sec et le blé ne poussait plus dans les champs.
Alors, le chef du village réunit tous les habitants et leur dit :
- Nous devons forcer Justin à pleurer et pour cela nous
devons l'attraper.
- Mais comment allons-nous faire ? questionna un fermier.
Justin est un monstre ! Nous avons tous peur de lui.

- Il faut avant tout
le faire sortir de
sa grotte, mais pour
cela je ne sais pas
comment procéder,
reprit le chef d'un
air pensif.

- Si nous lui apportions de quoi manger ?
proposa une fillette.
- Voilà une excellente idée, dit le chef.

Aussitôt dit, aussitôt fait.
Tous les habitants du village déposèrent
à l'entrée de la grotte toutes sortes
de victuailles : fruits, légumes, gâteaux,
rôtis, …

La bonne odeur de toute cette nourriture emplit l'air et monta jusqu'aux narines de Justin, qui était couché tout au fond de la grotte. Oubliant sa crainte des humains, Justin s'avança doucement vers la sortie. Lorsqu'il découvrit les plats succulents, Justin pensa que c'était son cadeau d'anniversaire et il se mit à pleurer, pleurer, pleurer et à verser des larmes… de joie.

Pendant plusieurs jours, Justin pleura tout en dévorant
une quantité impressionnante de nourriture.
Il pleura pour la plus grande joie des habitants qui
n'avaient plus peur de lui.
Peu de temps après, la rivière se mit à couler
doucement et la vallée reverdit.
Heureux et le ventre plein, Justin se retira tout au fond
de sa grotte pour y dormir d'un sommeil paisible en
attendant un nouvel anniversaire.

Les génies du parc

de Mireille Saver

Paul a encore eu une mauvaise note
à l'école et il est le dernier de sa classe.
Il aimerait bien avoir une bonne note,
mais il n'arrive pas à apprendre ses
leçons.
Il préfère jouer, regarder la télévision,
ou tout simplement rêver en regardant
les nuages.

En rentrant chez lui, Paul rencontre
dans le parc un joli écureuil qui lui
demande de casser une grosse noix.
Paul écrase la noix sous sa chaussure
et la donne à l'écureuil, qui lui dit :
- Je suis le génie du parc et, comme tu
as été gentil avec moi, je vais t'aider
pour tes leçons. Ce soir, tu liras trois
fois ta récitation et demain tu auras
une bonne note.

Paul le remercie et, bien assis à son
bureau, il lit trois fois sa récitation.
Le lendemain, il la récite sans
difficulté et la maîtresse lui donne
une bonne note.

Le jeudi suivant, Paul pose délicatement une petite grenouille sur une large feuille de nénuphar.
- Je suis le génie du parc. Je ne pouvais pas sauter et tu m'as aidée. Pour te remercier, je vais t'aider pour tes leçons. Ce soir, tu liras trois fois ton texte et demain tu auras une bonne note.

Paul rentre vite à la maison et lit trois fois son texte. Le lendemain, Paul obtient la meilleure note de la classe et les félicitations de la maîtresse.

Quelques jours plus tard, un petit
rouge-gorge prie Paul de déposer
dans son nid un morceau de pain
trop lourd pour lui.
- Je suis le génie du parc, lui dit le
rouge-gorge. Comme tu as été
aimable avec moi, je vais t'aider
pour ta leçon de géographie.
Tu vas la lire trois fois et demain
tu auras une bonne note.

Comme les autres fois, Paul obéit
à l'oiseau et lit trois fois sa leçon.
Comme de bien entendu, il obtient
une très bonne note.

Les jours suivants, Paul traverse le parc mais
ne rencontre plus de génie. Malgré tout, pour
leur faire plaisir, il continue à lire trois fois
ses leçons et, à la fin du mois, il est le premier
de sa classe.
La maîtresse le montre en exemple et explique
aux autres élèves qu'il faut lire ses leçons
chaque soir pour obtenir de bons résultats.

À chaque fois qu'il voit un écureuil,
une grenouille ou un rouge-gorge, Paul pense
aux génies du parc et il les remercie pour lui
avoir donné le courage d'apprendre ses leçons.
Maintenant, il se sent capable de réussir sans
leur aide, avec sa seule volonté.

Éric et l'albatros

de Caroline Guirriec

Éric était un petit garçon qui vivait dans un pays lointain. Sa maison se situait au pied d'un grand phare. Tous les jours, il levait la tête et contemplait le ballet des mouettes et des goélands dans le ciel.

Secrètement, il pensait :
- Qu'est-ce que j'aimerais planer dans le ciel comme les oiseaux…

Un jour, il décida d'essayer et gravit le phare par un grand escalier en colimaçon. Arrivé tout en haut, le petit garçon fut très impressionné.

— Que c'est haut ! Je suis dans le ciel !

Il regardait avec envie les mouettes qui volaient autour de lui.

« Je vais m'élancer très loin et, en battant très fort des bras, j'arriverai sûrement à m'envoler », se dit-il.

Alors qu'il s'apprêtait à franchir la rambarde, un majestueux albatros apparut dans le ciel et se posa à côté d'Éric.

- Ne fais pas ça, malheureux ! cria l'albatros, tu vas t'écraser au sol !

- Mais non, lui dit Éric. Si je bats très fort des bras, j'arriverai à voler comme toi.

- Que tu le veuilles très fort, c'est une chose. Mais, même avec toute la volonté du monde, tu n'y arriveras pas, répliqua l'albatros.

- Mais pourquoi ? se lamenta Éric.

- Parce que tu n'as pas d'ailes, bien sûr. Et tu n'en auras jamais car tu n'es pas un oiseau, mais un petit garçon, dit l'albatros.

Éric était terriblement déçu et l'albatros était bien triste de le voir ainsi. Une idée lui vint en tête.

- Si tu tiens tellement à voler, viens sur mon dos et tu voleras avec moi, lui proposa l'albatros.

Le regard d'Éric s'illumina.
L'enfant monta sur le dos de l'oiseau et, ensemble,
ils s'envolèrent dans le ciel.
Pendant un long moment, ils planèrent au-dessus de l'océan.

Arrivés au sol, Éric était enchanté
de cette extraordinaire promenade.
Alors l'albatros lui dit que s'il voulait encore voler,
il pourrait l'appeler et ils repartiraient ensemble.
Éric se réjouit de cette proposition.
Mais l'albatros lui demanda une faveur.

- Mon rêve à moi est de courir très vite, mais
je n'y arrive pas. Regarde-moi : je suis trop grand
et mes pattes sont trop petites !
Le petit garçon lui fit un sourire complice et
l'invita sur son dos. C'est alors qu'Éric partit
dans une course folle. Il courut le plus vite qu'il
put et l'albatros fut enchanté.
Éric et l'albatros devinrent les meilleurs amis
du monde.

Désormais, près du grand phare, on peut
quelquefois voir un petit garçon voler et
un albatros courir.

La ronde des enfants du monde

de Corinne Machon

Il était une fois un roi et une reine bien tristes car ils ne pouvaient pas avoir d'enfants. Tous les médecins et les plus grands spécialistes du royaume leur avaient successivement proposé des tas de remèdes et de recettes miracles. Sans succès.

Ainsi, le régime qui imposait au roi de ne manger que des choses salées, et à la reine d'engloutir des kilos d'aliments sucrés ne fit pas de merveilles.

Le régime appelé « Bout d'choux », composé de choux farcis, de choux aux lardons, et de soupe au chou n'avait donné, lui, que des kilos superflus à la reine et de drôles de gargouillis au roi.

Quant au dernier en date, il fit tomber la reine dans une profonde dépression, à force d'écouter des berceuses de Brahms et de respirer du talc.

Le roi chassa tout le monde, et décida de ne plus rien tenter pour forcer dame Nature.

Cependant, dans la tour la plus
haute du château vivait une
brave sorcière.
Leurs Majestés la rencontrèrent
un jour par hasard.

- Êtes-vous sûrs de vouloir un
enfant ? leur demanda-t-elle.
- Évidemment ! répondirent-ils.
- Oui, mais pourquoi ?
- Pour ne plus être seuls !

- Dans ce cas, prenez un petit chat !
- Mais nous ne voulons pas d'un animal ! clama
la reine. Nous voulons un enfant pour le gâter !
- Dans ce cas, gâtez un neveu ou une nièce !

Le roi en colère lui dit alors :
- Un enfant… blond, brun, châtain ou rouquin.
Fille ou garçon, peu importe, nous l'aimerons !
- Dans ce cas, vous n'avez qu'à ouvrir vos bras !
La terre est pleine d'orphelins !

Comment n'y avaient-ils pas pensé auparavant ?

Ainsi, pendant que le roi se débattait
avec les démarches administratives,
la reine décorait la nursery et
dévalisait les magasins de jouets !
Le premier enfant qui fit du roi et
de la reine un papa et une maman
officiels, fut une petite fille du royaume
du Soleil-Levant.
Devant ses cheveux fins et raides,
ses yeux noirs et bridés, tous deux
en tombèrent fous amoureux.

Le second fut un garçon du royaume
d'Afrique. Devant sa peau de couleur chocolat,
Leurs Majestés fondirent de bonheur.
Ensuite, il y eut un autre petit garçon qui
venait du royaume d'Arabie, et, devant sa jolie
chevelure brune, sa peau légèrement teintée,
ce fut pour Leurs Majestés un plaisir
d'agrandir leur famille.

Ainsi, le vide du grand château fut comblé.

Un soir, alors que les petits étaient couchés,
Leurs Majestés, qui prenaient le frais dehors,
virent tout à coup une grande lumière
déchirer le ciel.
Ils fermèrent les yeux, aveuglés, et lorsqu'ils
les rouvrirent, une soucoupe volante s'était
posée sur leur gazon. Avec un tout petit
«*zip !*», la porte s'ouvrit et un extraterrestre
s'avança vers eux en disant :

- Votre désir d'enfant était si puissant qu'il a
traversé les galaxies. Alors, voilà pour vous.

Et il déposa délicatement deux petits êtres lumineux
dans les bras de la reine, très étonnée devant la peau
légèrement bleutée de ces deux petits bébés,
leurs grands yeux violets en amande et leurs sept
longs doigts à chaque main. Le roi et la reine, le cœur
dans les étoiles, en tombèrent fous amoureux.

Et, à présent, lorsque les gens les voient passer
le dimanche pour la promenade, ils disent avec
émerveillement :

- Quelle famille magnifique ! Un véritable bouquet.
C'est la ronde des enfants du monde !

Mon ami grillon

de Corinne Machon

Très haut dans la montagne, là où la nature
n'appartient plus qu'aux animaux, vivait
Gribouille la marmotte.
Il était d'une timidité maladive et ne sortait que
pour cueillir des fleurs et des herbes sauvages
qu'il faisait sécher la tête en bas. Ensuite,
il fabriquait toutes sortes de choses merveilleuses.

Un soir d'hiver, alors qu'il rêvait devant sa cheminée,
un petit bruit troubla sa tranquillité.

Cri, cric...

D'où pouvait bien venir ce bruit ? Gribouille n'aimait
pas être dérangé !

Cri, cric...

C'était là-haut, dans le dernier bouquet de chardons
bleus qu'il avait ramassés. En regardant bien,
il découvrit, tout étonné, un grillon, accroché dans
les fleurs par le fil de son veston.

- *Zut !* dit-il, il a fallu que je rapporte
une bestiole à la maison.

- Bestiole ? répondit l'insecte en toussant,
sachez que je suis un grillon de la plus
noble race ! Je me suis laissé prendre par
le froid ! C'est bien là mon erreur !
Décrochez-moi de là et regardez, je vous
prie, si mon violon n'est pas coincé
quelque part entre ces tiges.

Gribouille avait entendu dire que
les grillons étaient des êtres sans soucis,
qui, un peu comme des clowns, s'amu-
saient du matin au soir.
Sa timidité l'ayant rendu un peu bourru
et sauvage, voilà qui n'était pas fait pour
lui plaire ! Néanmoins, il soigna le
grillon du mieux qu'il le put, à l'aide de
toutes sortes de tisanes. Et, peu à peu,
alors que la neige enveloppait la vallée,
une forte amitié les lia tous deux, petit
à petit, sans faire de bruit.
À l'approche du printemps, le cœur de
notre marmotte s'était transformé et
sa timidité avait fondu.

Au premier dimanche ensoleillé, le grillon poussa
son ami à aller vendre tout ce qu'il avait fabriqué
pendant l'hiver au marché du village. Gribouille
accepta et il installa ses couronnes, ses bouquets,
et ses savons près de la grande fontaine.
Notre grillon, lui, jouait du violon.
Attirés par la musique et enivrés par la délicate
odeur des fleurs, les villageois achetèrent tout.
C'était la première fois que Gribouille était
vraiment heureux de parler avec d'autres personnes.

Une jeune et jolie marmotte s'approcha
de nos deux compères.

- Vous reste-t-il quelque chose à vendre ?
demanda-t-elle.
- Eh bien, répondit Gribouille, il ne me
reste plus qu'un cœur ! Le voulez-vous ?
- Je le veux bien, dit la belle en rougissant.

Quelques temps plus tard, on les maria
au son du violon et je peux vous dire qu'ils
vivent encore heureux aujourd'hui.

Rien n'arrive jamais par hasard. Tout nous
est toujours envoyé pour une bonne raison.

Ainsi, certains ont une bonne étoile ou un
ange gardien ! D'autres trouvent un grillon
dans un bouquet !

Monsieur l'ours polaire

de Karine Perez

Il était une fois, au pôle Nord, un énorme ours polaire. Il vivait au fond d'une grande grotte sur la banquise. Il était aussi blanc que la neige, et sa fourrure était aussi douce et chaude qu'un duvet de plumes. Monsieur l'ours polaire avait des voisins : les pingouins, les otaries, et les phoques, mais tous avaient… une peur bleue de l'ours. Il était si grand, si lourd et ses dents étaient si longues que nul n'osait s'approcher de sa grotte.

Pourtant, monsieur l'ours polaire était doux comme le plus doux des agneaux, et il se sentait bien seul sans ami.

- Pourquoi ont-ils si peur de moi ? se disait-il le cœur gros, seul dans sa grotte si sombre.

Un beau matin d'hiver, l'ours, se sentant plus
seul que d'habitude, décida de faire une grande
promenade. Il marcha, marcha longtemps,
regardant la banquise si blanche, si belle et
qu'il aimait tant.
Il marcha si longtemps que bientôt il s'aperçut
qu'il était très loin de chez lui. Monsieur l'ours
n'était plus très jeune, et il aurait bien voulu se
reposer avant de faire demi-tour.

C'est alors qu'il vit
une jolie maison.
- Qui peut bien habiter
ici ? se dit-il. Vite ! allons
voir, je suis curieux de le
savoir !

Il s'approcha doucement de la maison
en essayant de ne pas faire craquer
la neige sous ses grosses pattes velues.
La maisonnette était toute rouge.
Aux fenêtres, il y avait de jolis rideaux
de dentelle blanche et de la fumée
sortait de la cheminée.
Monsieur l'ours regarda à travers
le rideau.

Oh ! Quelle surprise !

À l'intérieur de la maison, il y avait six petits lutins. Chacun portait sur la tête un drôle de petit bonnet rouge. Qui sont-ils ?

- Coucou ! dit un petit lutin qui venait d'ouvrir la porte. Entrez donc vous réchauffer !

Monsieur l'ours était très surpris : ce minuscule petit
bonhomme n'avait pas peur de lui. L'ours entra dans
la maison. Les cinq autres lutins étaient en plein travail.
- Que font-ils ? demanda l'ours.
- Ils fabriquent des jouets !
L'ours était étonné, mais il ne dit rien.
Les lutins installèrent monsieur l'ours dans une chaise
berçante près de la cheminée et lui apportèrent un
grand bol de chocolat bien chaud.
Tout à coup, on entendit du bruit dehors et la porte
s'ouvrit doucement.

Devinez qui venait d'entrer ?

Le Père Noël !

L'ours n'en croyait pas ses yeux.
- Bonjour à tous, mes amis ! dit
le Père Noël de sa douce voix.
Bonjour à vous, monsieur l'ours !
- Vous me connaissez ? demanda
l'ours étonné.
- Oui et je sais que vous êtes un ours
gentil. Vous méritez aussi un cadeau
car, vous ne l'avez pas oublié :
ce soir, c'est Noël !

Monsieur l'ours prit timidement
le gros cadeau que lui tendait
le Père Noël.

- Rentrez vite chez vous maintenant,
car la nuit sera bientôt là !
L'ours donna une bise à tous les
lutins et remercia chaleureusement
le Père Noël.

La nuit était presque tombée quand
il arriva à sa grotte.
- Je suis curieux de savoir ce qu'il y a
dans ce paquet, dit-il.
Il défit délicatement le joli papier doré
et ouvrit…

Une lumière multicolore sortit de la
boîte ; on aurait dit un petit arc-en-ciel.
Dans le paquet, il y avait :

des guirlandes, des étoiles, des boules de toutes les couleurs…

… et des tas d'autres
choses plus belles
encore.

Monsieur l'ours eut une idée !...
Ses voisins qui l'avaient vu rentrer
étaient bien curieux de savoir où
l'ours avait reçu son cadeau, et ils
étaient plus curieux encore de savoir
ce qu'il y avait dedans.
Ils s'approchèrent donc tout
doucement de la grotte, mais la nuit
était tombée et ils ne voyaient rien.

De son côté, monsieur l'ours avait terminé son travail.
Il appuya sur l'interrupteur et… quelle merveilleuse surprise !
La grotte était toute décorée. Les guirlandes étaient
accrochées un peu partout. Des boules bleues, rouges,
jaunes brillaient comme des étoiles. Les lumières vertes,
orange, roses éclairaient la banquise comme une centaine
de petits soleils.
Tous les animaux approchèrent, oubliant leur peur.
C'était si beau, si magique, presque irréel : le pôle Nord était
devenu un pays enchanté.
- Venez, approchez, n'ayez pas peur !

Les phoques, les otaries, les pingouins et les
oiseaux de la banquise entrèrent dans la grotte.
À l'intérieur, une autre formidable surprise
les attendait : sur une grande table, on pouvait
trouver les choses les plus délicieuses à manger :
des gâteaux, des bonbons, du miel et des amandes.

Tout le monde était heureux.
Et, pour la première fois de sa vie,
monsieur l'ours polaire fêtait Noël avec ses amis.

(et je suis sûre que la banquise s'en souvient encore...)

La couleur de peau

de Sandrine Monnier-Murariu

Pauline est arrivée ce matin à l'école avec
une drôle de question dans la tête ! Elle a
entendu hier des grandes personnes qui
parlaient de la couleur de son oncle !
- Il est noir, avaient-ils dit !
Pauline avait regardé son oncle Jimmy
attentivement et l'avait trouvé comme
d'habitude ! Alors elle dit à sa maîtresse :
- C'est grave d'être noir, maîtresse ?

Sa maîtresse est restée là, sans voix,
cherchant de toute évidence une
réponse à sa question.

Et c'est là que tout a commencé.
Je vais vous raconter...

Quand la maîtresse s'est levée, elle a pointé son doigt vers le placard au fond de la classe. Comme par magie, les portes se sont ouvertes et les peintures se sont alors réveillées. Toutes ensemble, elles se sont mises à parler de toutes les couleurs.

Les enfants les regardaient, étonnés. Elles sont arrivées devant eux et se sont mises à danser. Sur le grand tableau noir, elles se sont étalées, en se mélangeant et en formant mille et une teintes de plus en plus variées, de plus en plus jolies, comme pour dessiner le visage du bonheur.

Tous les enfants étaient émerveillés.

Ils ont alors fait une grande ronde autour des couleurs !

Et les couleurs ont murmuré :
- Nous sommes les couleurs, les couleurs de la vie !
Et pour voir la vie en rose il faut ouvrir son cœur,
car rien ni personne n'est tout noir ou tout blanc !
Les enfants ont alors dansé et chanté les couleurs
de la vie.

Puis ils se sont arrêtés et ont regardé autour d'eux.
Les couleurs ont murmuré :

les couleurs de la vie vivent en chacun de vous, trouvez votre arc-en-ciel !

Chacun a sa couleur, chacun a sa beauté,

C'est Camille la première qui a commencé :
elle est devenue toute rouge en pensant en
secret à Sébastien. Puis Pierre s'est mis à danser
comme un fou ; il tournait, tournait, tournait
dans une danse enchantée et lorsqu'il s'est
arrêté, il s'est senti mal et il était tout vert !
Claude a tellement rigolé qu'il s'est presque
étouffé et il est devenu bleu ! Marie, elle, était
blanche comme un linge, Claude lui a fait très
peur ! Les joues roses de Kévin montraient
sa bonne humeur !

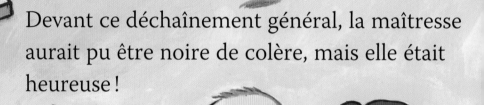

Devant ce déchaînement général, la maîtresse aurait pu être noire de colère, mais elle était heureuse !

Les enfants se sont tous regardés : ils étaient tous différents mais, pourtant, main dans la main, ils n'étaient que des enfants de toutes les couleurs qui venaient de comprendre que le visage du bonheur ne se dessinait qu'en couleur !

La maîtresse a remercié les couleurs qui sont reparties dans le placard au fond de la classe.

Elle a souri à Pauline et lui a dit :

- La vraie couleur de l'homme est celle qu'il a dans le cœur !

Blanc Bec

de Odile Delattre

Il était une fois un drôle d'oiseau au plumage aussi noir que le charbon et au bec aussi blanc que la neige. On l'appelait Blanc Bec. En vérité, et pour être tout à fait exact, toute sa tête était aussi blanche que le lait, et personne, du gros chêne jusqu'au ruisseau, n'ignorait que Blanc Bec était le fils d'un corbeau.

Longtemps, Blanc Bec crut que le noir
et le blanc étaient deux couleurs qui
étaient inséparables.

Mais un jour, en passant au-dessus
d'une chaumière, il entendit un paysan
se lamenter en le voyant :
- Pauvre de moi ! Revoilà cet oiseau
de malheur, ce corbeau blanc qui ne
ressemble à rien...

Et le paysan lui jeta une pierre.

Une autre fois, il fut invité à un bal
costumé. Pour passer incognito,
il s'était déguisé en aviateur, comme
son père. Puis, il avait mis des lunettes
noires, très larges et très noires.
Mais, en s'approchant d'un groupe
d'hirondelles, il entendit se moquer
l'une d'elles :
- Comment fait-il pour avoir un bec
aussi blanc ? Vous croyez qu'il le passe
à la machine tous les soirs ?
Et toutes les hirondelles éclatèrent
d'un grand rire cruel.

Un soir, alors qu'il se promenait
au clair de lune, il entendit la voix
de son père :
- Qu'allons-nous faire de Blanc Bec ?
Aucune compagnie de corbeaux ne
voudra d'un aviateur au bec blanc...

C'est alors que Blanc Bec comprit
que le noir et le blanc n'étaient pas
toujours deux couleurs inséparables.
Cette nuit-là, il fit son baluchon et
partit.

Blanc Bec vola longtemps dans
le ciel éclairé par la lune.
Il ne savait pas où aller.
Il savait seulement qu'il cherchait
un pays où le blanc et le noir
seraient bien acceptés.

Après des heures de vol,
il s'arrêta sur la rive
herbeuse d'un lac silencieux.

Là, vivaient des cygnes au col majestueux.
Ceux-ci l'accueillirent avec curiosité.
Ils n'avaient jamais vu d'oiseaux noirs.
Ils vantèrent la couleur de son plumage et
le félicitèrent pour son originalité.
Mais, lorsque Blanc Bec voulut devenir
navigateur dans une compagnie de
cygnes, on lui répondit qu'on ne voulait
pas d'un capitaine au plumage noir.
Ce jour-là, Blanc Bec fit ses bagages
et s'en alla...

Dans le ciel d'été écrasé de soleil,
Blanc Bec pensait en volant à tire-d'aile :
— Je ne suis de nulle part. Où trouverai-je
donc une maison ?
Las, fatigué, Blanc Bec se posa sur la
branche d'un peuplier.
— Bonjour !
Une jeune et jolie corneille le regardait en
souriant. Blanc Bec sentit son cœur battre
de plus en plus fort.
— Bonjour, répondit-il, quelle couleur
préfères-tu, le noir ou le blanc ?
La jolie corneille dit doucement :
— Je ne sais pas. Je suis aveugle…

Alors, Blanc Bec comprit
qu'il avait enfin trouvé ce
qu'il cherchait et que, cette
fois, la couleur du bonheur
ne serait plus ni le noir
ni le blanc, mais la couleur
de son cœur.

Le loup et la renarde

de Florence de Finance

Il y a bien longtemps, un vieux loup
s'ennuyait au fond de sa forêt.
Il n'avait aucun ami. Il était si coléreux
que tous les animaux en avaient peur.
Et, à force d'être toujours seul,
le loup était devenu triste et
mélancolique.

Un jour qu'il se promenait dans
la forêt, il aperçut une renarde
qu'il n'avait encore jamais vue.
Elle semblait complètement
affolée. Cela faisait plusieurs jours
que des chasseurs la poursuivaient
et elle était épuisée.

C'était une très jolie renarde et
le loup tomba immédiatement
sous son charme. Il décida de
venir à son secours et utilisa
ses ruses de loup pour envoyer
les chasseurs bien loin de la forêt.

Très vite, le loup et la renarde
devinrent inséparables.
Tous les animaux de la forêt
souriaient en voyant à quel point
le loup avait changé : il était
devenu gai, doux, prévenant
pour sa renarde.

Pourtant, la renarde n'était pas
complètement heureuse.
Certes elle adorait le loup.
Mais il était jaloux et ses colères
la terrifiaient.

Dès qu'un animal s'approchait
d'elle ou essayait d'attirer son
attention, il entrait dans une
rage terrible. Il devenait violent,
la grondait et menaçait de la
quitter.

Un jour, le loup reçut une invitation
pour se rendre à la réunion annuelle
des loups qui avait lieu dans une
contrée lointaine.
Avant de partir, il câlina longuement
la renarde et lui fit promettre de
ne pas quitter leur terrier.
Il reviendrait dans une semaine.

Les jours passaient et la renarde restait
sagement dans le terrier comme elle
l'avait promis. D'ailleurs, sans son loup,
la forêt avait perdu son charme.
Elle en profita pour ranger et cuisiner.
Le sixième jour, la renarde admira
son travail. Le terrier était tout pimpant
avec ses rideaux neufs et les dessins
qu'elle avait accrochés aux murs.
Il fleurait bon les pâtisseries qu'elle avait
préparées avec amour pour son loup.
Encore quelques fleurs et tout serait
parfait pour l'accueillir ! Elle décida
d'aller dans la prairie voisine cueillir
un bouquet de fleurs des champs.

Mais le loup revint un jour plus tôt que
prévu. Quelle ne fut pas sa surprise de
trouver le terrier vide ! Une surprise qui
se transforma très vite en une colère noire.
Ainsi, sa renarde lui avait menti !
Elle avait osé sortir sans son autorisation !

Quand la renarde revint, tenant
entre ses crocs un énorme bouquet,
elle fut si heureuse de voir le loup
qu'elle laissa tomber les fleurs pour
se jeter dans ses pattes.
Mais il la repoussa violemment.
Et, n'écoutant aucune explication,
il ne lui parla plus.

Blessée au plus profond d'elle-même
par l'attitude du loup, la renarde décida
de partir. À quoi bon rester si son loup
l'ignorait. Et, désespérée, elle alla
s'allonger au pied d'un chêne, très loin
du terrier du loup.

Des jours et des nuits passèrent.
La colère du loup ne s'apaisait pas et
tous les animaux l'évitaient. La renarde,
quant à elle, refusait de manger.
Les animaux de la forêt étaient fort
inquiets et ne savaient que faire.
Un matin, la trouvant quasi morte,
ils décidèrent d'aller chercher le loup.
Tant pis pour sa colère.
Il fallait sauver la renarde, et vite !

Le loup, tout d'abord, refusa d'écouter
les animaux. C'était encore une feinte
de la renarde pour lui forcer la main !
Mais, comme ils refusaient de sortir du
terrier sans lui, il finit par les suivre.

Quand le loup arriva près du chêne et qu'il vit sa renarde si faible,
sa colère disparut d'un coup et fit place à beaucoup de remords.
Il tomba à genoux, l'implorant de lui pardonner son mauvais
caractère. Et il se mit à la lécher avec tant de ferveur, tant d'amour,
que la renarde ouvrit les yeux. Son loup était revenu !
Dans un ultime effort, elle se força à respirer de plus en plus
profondément. Et, réchauffée par l'amour du loup, elle reprit peu
à peu des couleurs.
Dès qu'elle eut assez de force, le loup la prit dans ses bras et la
ramena dans leur terrier.
Il la soigna et la dorlota jour et nuit jusqu'à ce qu'elle
pût à nouveau gambader avec lui dans la forêt.
Il chassa à tout jamais colère et jalousie, et
ils vécurent très heureux, entourés d'une
multitude de louveteaux et de renardeaux.

Les pouvoirs de la fée Gentiane

de Mireille Saver

Un matin, le roi des fées se sent d'humeur chagrine parce qu'il trouve le monde trop triste. Alors, pour remédier à cela, il convoque toutes les fées et leur confie une mission : redonner à la terre de la clarté, de la beauté et de la gaieté. La tâche est partagée entre toutes les fées. Chacune d'elles dispose de dix jours pour réaliser le vœu du roi. Gentiane se voit confier le soin de transformer une vieille cabane de planches en un magnifique château.

Gentiane, qui vient juste d'obtenir son diplôme de fée, est pleine d'entrain pour accomplir sa mission et elle se dépêche de se rendre sur les lieux. Une fois sur place, Gentiane découvre le paysage qui entoure la vieille cabane. Tout est triste. Seul un mince filet d'eau traverse la vallée. Pas un chant d'oiseau, pas un seul petit animal, pas une seule fleur. Il n'y a que des cailloux. Rien que des cailloux. Gentiane veut se mettre au travail rapidement.

Mais voilà, Gentiane est encore débutante et elle a oublié la formule magique.

Que va dire le roi des fées si elle ne remplit pas sa mission ?

Alors, Gentiane réfléchit… réfléchit…

– *A craq zim boum !* Non, ce n'est pas cela !

– *A croq zam boum !* Non, je me trompe encore !

– *A cruq zum bum !* Voilà, j'ai trouvé. C'est la bonne formule, j'en suis sûre.

Pleine de courage, elle ramasse
de grosses pierres, les dépose dans
un chariot qu'elle tire jusqu'en haut
de la colline. Sans s'arrêter, du lever
du jour au coucher du soleil, jour
après jour, la petite fée transporte
des tonnes de cailloux.

Chaque fois, elle prononce la formule magique :

A cruq zum bum, que cette masure devienne un palais !

Petit à petit la cabane se transforme.

Un soir, fatiguée, elle n'a plus la force de tirer
son chariot qui se renverse.
Les pierres roulent jusqu'en bas de la colline.
Gentiane, épuisée, s'endort.

Lorsqu'elle se réveille, un spectacle nouveau
s'ouvre devant ses yeux. En dévalant la colline,
les pierres ont formé un barrage et un immense
lac grouillant de poissons remplace le fin ruisseau.

Pendant son sommeil, les fleurs ont poussé,
transformant la grisaille des pierres en un
merveilleux tapis multicolore grâce à leurs
couleurs vives.

Le dixième jour est arrivé et Gentiane doit retourner
près du roi des fées.
- Gentiane, lui dit-il, tu as fait un très bon travail.
Quelle formule magique as-tu employé pour
réaliser ce magnifique décor ?
- *A cruq zum bum !* répond Gentiane timidement.
- *A cruq zum bum ?* Mais cette formule n'existe pas !
Je suis formel, elle n'est pas inscrite dans le livre des
formules magiques ! C'est donc seule que tu as réussi
cette transformation et je t'en félicite !

Devant toutes les fées rassemblées, le roi explique
que Gentiane a, sans avoir utilisé ses pouvoirs,
mais par sa volonté, sa détermination et ses
efforts, réussi à accomplir son souhait.
Le roi la cite en exemple.
Le cœur rempli de joie, la petite fée Gentiane
comprend qu'elle peut faire de belles choses
sans avoir recours à la magie. Puis, elle rejoint les
autres fées, déjà prête pour une nouvelle mission.

Une grand-mère à louer

de Corinne Machon

Victorine est une grand-mère seule, qui passe le plus clair
de son temps dans son fauteuil à regarder ses albums photos.
Elle est toujours triste et n'a de goût à rien. Elle se dit souvent
qu'un de ces jours elle vendra tout et partira dans une maison
de retraite.

Lorsqu'elle sort faire ses courses, elle est toujours fatiguée.
Ce matin, elle entre dans la boulangerie, le dos courbé, et
grogne parce qu'il y a déjà quelqu'un. C'est une dame âgée
avec deux enfants qui jouent et bousculent un peu Victorine.

- Qu'ils sont beaux, ces petits !
dit la patronne.

- Ce sont mes petits-enfants,
répond la dame. Ils sont venus
passer deux semaines chez leur
mamie… Quand ils sont là, j'ai
l'impression que le soleil envahit
toute ma maison !

Victorine soupire. Elle est seule et n'a rien à dire à personne, alors le discours des autres lui fait tourner la tête. Elle attend son pain.

- Tenez, mes mignons ! continue la patronne en leur tendant des sucettes. Et, croyez-moi, vous en avez de la chance d'avoir une mamie ! Il y a tellement d'enfants qui n'en ont pas... Et c'est bien dommage parce qu'elles ont beaucoup à offrir !

À ces mots, Victorine sursaute.
C'est pourtant vrai que les mamies ont
beaucoup à offrir. Elle ferme les yeux
un court instant et revoit sa propre
grand-mère… Un sourire envahit son
joli visage. Il y a bien longtemps de
cela, et sa petite-fille à elle est si loin…
Mais voici soudain qu'une idée géniale
lui traverse l'esprit. Elle en oublie son
pain et, en entrant dans la petite
imprimerie du village, elle adresse
un bonjour haut et fort au jeune
homme assis derrière son guichet !

- Bonjour, madame ! Que puis-je faire pour vous ?

- Je voudrais passer une annonce, dit Victorine.

- C'est très bien ! Vous achetez ? Vous vendez ?

- Pas exactement, jeune homme. En fait, je me loue !

Et, en quelques mots, Victorine explique sa situation.
Elle dit que, pour vivre mieux, elle a besoin d'entendre
des cris d'enfants, de voir des traces de pieds sur son carrelage,
de ramasser les miettes d'un goûter... et c'est ainsi qu'elle
rédige son annonce :

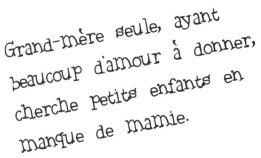

Grand-mère seule, ayant
beaucoup d'amour à donner,
cherche petits enfants en
manque de mamie.

En l'espace de quelques semaines, tout plein de lettres
en couleurs sont arrivées chez Victorine.
À présent, elle ne regarde plus sa grande maison de la même
façon. Elle ouvre les volets pour faire entrer le soleil.
Elle va de pièce en pièce et ce ne sont plus des souvenirs qui
viennent à elle, mais bel et bien des projets !

Son jardin est rempli de fleurs multicolores. Ce sont les petits enfants qui l'aident à jardiner. Et, pour la remercier de préparer des frites et de la purée, ils lui ont offert un magnifique maillot de bain et des séances à la piscine pour apprendre à nager. Vous imaginez, bien sûr, ce que notre nouvelle grand-mère a répondu :

Elle a dit **oui** à la vie !

Madeleine

de Marie-Josée Besnard-Bardinat

Madeleine est un poisson rouge. Elle vit dans
un bocal rond avec des herbes en plastique.
Sa petite maîtresse lui donne tellement à manger
que son eau est trouble en permanence.
Elle voudrait bien lui dire qu'on ne doit nourrir
un poisson qu'une à deux fois par semaine.
Mais, évidemment, elle ne peut pas lui parler.

Et puis Élodie est si mignonne.
Elle ne voudrait pas lui faire de peine.

Madeleine s'ennuie un peu à tourner en rond.
Elle n'a pas de compagnie. Elle a un rêve :
elle voudrait voir la mer.
Elle en a entendu parler par Élodie. Il paraît
qu'elle est tellement grande qu'on n'en voit pas
le bout. Madeleine n'arrive pas à imaginer cela !

Élodie avait un compagnon : un canari qui vivait
dans une cage. Madeleine se sentait moins seule
en le regardant. Mais, un jour, Élodie a ouvert
la porte de la cage et l'oiseau s'est envolé.
Madeleine est restée seule. Il est vrai qu'elle ne
peut vivre que dans l'eau. Ce n'est pas simple.

Madeleine fait des rêves où elle nage sans fin
dans la mer. Un jour, elle a entendu Élodie
expliquer que la mer est salée. Madeleine se
demande si elle pourrait aimer ça.

Noël approche.
Madeleine s'en rend compte
grâce aux décorations
qu'Élodie installe dans toute
la maison.
Elle colle des dessins sur
les vitres, met des guirlandes
sur les murs...
Élodie est très excitée.

Un jour, elle s'approche de Madeleine.
Elle met son doigt dans l'eau.
- Tu sais, Madeleine, j'ai commandé une surprise
pour toi au Père Noël. J'espère qu'il te l'apportera.

Madeleine se demande ce que cela peut être.

Le jour de Noël arrive enfin. Élodie entre dans
la chambre en portant un gros paquet.
- Regarde, Madeleine, c'est pour toi !

Madeleine ouvre grand les yeux. C'est énorme !

Élodie commence à déballer la surprise.
Madeleine voit apparaître un immense bocal.
À l'intérieur, il y a un château, des herbes,
des fleurs, des coquillages.
Tout est en plastique mais c'est magnifique
tout de même.

Élodie remplit l'aquarium, puis prend
délicatement Madeleine dans l'épuisette
pour la mettre dans sa nouvelle maison.

Madeleine est ravie. Elle se met à nager
très vite. C'est si agréable de ne plus
tourner en rond ! Madeleine passe dans
le château, frôle les coquillages.
Tout d'un coup, Élodie revient.
- *Et voici la suite de la surprise !*

Tout en disant cela, elle verse deux
autres poissons rouges dans l'eau.
Madeleine est folle de joie.
Finalement, Élodie avait deviné
qu'elle se sentait seule !

Elle s'approche de ses nouveaux amis.
- Bonjour ! leur dit-elle.
- Bonjour ! répondent-ils en chœur.
- Je m'appelle Madeleine.
- Et moi, Vincent.
- Et moi, Arthur.
Aussitôt, ils se lancent à toute vitesse.
- On fait la course, Madeleine ?
Madeleine se lance à son tour.
Elle est si heureuse !

Finalement, se dit Madeleine,
je n'ai pas besoin de la mer.

À compter de ce jour, Madeleine ne fut plus jamais triste.
Avec Vincent et Arthur, elle invente tous les jours de nouveaux
jeux et leurs rires font de jolies bulles à la surface de l'eau...

L'ours et la fée

de Florence de Finance

Dans une boutique de jouets, un ours rêvait de
découvrir le monde. Mais il était peureux et savait
que, sans enfant pour l'accompagner, le protéger,
c'était un rêve impossible à réaliser. Il mit alors
son plus beau nœud papillon, habilla ses yeux de
son regard le plus câlin et alla s'asseoir au beau
milieu de la vitrine. Mais les jours passaient,
Noël approchait, et personne n'achetait l'ours.

Recroquevillé sur lui-même, fermant les yeux pour cacher ses pleurs, il ne vit pas la petite fille qui venait d'entrer dans le magasin. Il fut donc tout surpris d'être empoigné par le marchand et d'entendre l'enfant lui demander s'il voulait bien l'accompagner.

- Mais, ajouta-t-elle, il faudra être très courageux car le voyage sera périlleux.

L'ours, qui ne rêvait que d'aventures, se jeta dans les bras de la fillette, et c'est ainsi qu'il quitta pour toujours le magasin de jouets.

Après avoir quitté la ville, la fillette expliqua
à l'ours qu'ils partaient à la recherche du
rayon d'or. Pour le trouver, il fallait traverser
une forêt très sombre et escalader une
montagne où nichaient des centaines d'aigles.
Le petit ours frissonna d'effroi. Certes,
il rêvait d'aventures, mais cette forêt sinistre
et les aigles ne lui disaient rien de bon.
Il suggéra à la fillette d'abandonner.
Celle-ci le regarda droit dans les yeux et lui
répondit :
- Je t'en prie, ne me déçois pas. J'ai besoin de
toi pour trouver le rayon d'or.
À nous deux, nous réussirons !

Après plusieurs jours de marche à travers la campagne, ils atteignirent une forêt très sombre.

La fillette expliqua à l'ours :

- Cette forêt s'appelle la forêt de l'oubli, car lorsqu'un humain se heurte à un arbre, il oublie instantanément tout : qui il est, où il est, pourquoi il se trouve là.

Toi, tu n'es pas un humain, donc tu ne risques rien.

Alors petit ours, si jamais je me cogne, n'oublie pas pourquoi nous devons traverser cette forêt.

Souviens-toi : nous devons escalader la montagne aux aigles pour y trouver le rayon d'or. Tu te rappelleras ? C'est très important pour nous deux. Je compte sur toi.

Au début tout se passa bien. Puis, tout à coup, un terrible craquement se fit entendre. La fillette sursauta et ne vit pas une racine qui sortait de terre. Elle perdit l'équilibre. L'ours essaya de la retenir, mais elle était bien trop lourde pour lui. Son front vint heurter un arbre et elle perdit immédiatement la mémoire.

L'ours commença à paniquer.
Qu'allaient-ils devenir ? Il ne pouvait plus
compter sur la petite fille. Il se mit à sangloter.
Et, épuisé, il s'endormit. Quand il se réveilla,
il se sentait toujours désespéré.
Pourtant, il devait agir. C'était à lui,
désormais, de s'occuper de la fillette.

Il faisait grand jour quand ils sortirent de
la forêt et ils durent cligner plusieurs fois
des yeux pour s'habituer à la luminosité.
La montagne aux aigles se dressait devant
eux. Elle était abrupte, et des centaines
d'aigles volaient tout autour. L'ours fut tenté
de rebrousser chemin.

Mais il avait fait une promesse à la petite fille et il devait s'y tenir. L'ascension fut longue et difficile. Ils devaient se coller contre la paroi dès qu'ils entendaient les ailes d'un aigle, afin de protéger leurs yeux de leurs becs et de leurs serres crochues.

Quand enfin ils arrivèrent près de la
cime, ils se cachèrent dans une fissure.

L'ours ne savait pas où trouver
le rayon d'or et la fillette, qui avait
tout oublié en tombant dans la forêt,
ne lui était d'aucune aide.
Il décida d'attendre le coucher
du soleil pour que les aigles soient
endormis, et pour pouvoir se
glisser sur le sommet et regarder
s'il voyait un rayon d'or.

Le soleil allait disparaître derrière
la montagne quand, tout à coup,
un de ses rayons rencontra la lune qui
se levait. Alors, apparut un immense
rayon d'or qui illumina tout le ciel.

L'ours emmena très vite la fillette sur
la cime. Et lorsque le rayon d'or
rencontra sa chevelure, elle fut
immédiatement transformée en fée.
L'ours n'en croyait pas ses yeux.
La petite fille était une fée !

La fée se pencha vers l'ours et
le prit dans ses bras :
- Merci, mon ours, de m'avoir
amenée jusqu'au rayon d'or.
Tu as été très courageux et je
suis très fière de toi. Sans toi,
je serais restée à tout jamais
une petite fille. Aussi, j'aimerais
exaucer ton vœu le plus cher.
L'ours réfléchit longuement et
enfin, d'une toute petite voix,
murmura :

-J'aimerais devenir un preux chevalier !

La fée et le chevalier ne se quittèrent plus.
Et, lorsqu'ils se marièrent,
le ciel s'illumina d'un immense rayon d'or.

Tricotine la lapine

de Chantal Amblard

Tricotine ne sortait jamais de son terrier.
En effet, elle passait son temps à tricoter.
Son papa lui ramenait la laine des champs alentour
qu'il glanait sur les fils barbelés, laissée là par
les moutons dans les pâturages.

Son papa ne voulait pas qu'elle sorte,
c'était trop dangereux...
Il lui expliquait que les chasseurs
l'attendaient avec leurs fusils, que
les loups rôdaient avec leurs dents
pointues, que les chouettes l'épiaient
avec leurs serres menaçantes et,
enfin, que des maladies mortelles la
guettaient.
En un mot, l'extérieur c'était l'horreur !

Au début, à l'écoute de son papa,
elle se dit que mieux valait ne pas
bouger.
Ce monde la terrifiait.

Puis, un jour, elle décida qu'il était
temps pour elle de voir par elle-même
ce que représentaient ces dangers,
de partir à l'aventure.
Craignant de ne pouvoir retrouver
son chemin, elle mit sur son dos un
énorme sac qu'elle bourra de laine.
Elle tricota, tricota, tricota, de plus en
plus vite, tout en avançant, se disant
qu'elle pourrait toujours revenir sur
ses pas si des dangers se présentaient.
Elle prit des voitures, des camions,
des bateaux.

C'est ainsi qu'elle découvrit de magnifiques pays, tous plus colorés les uns que les autres.

Elle rencontra des Chinois qui lui donnèrent des laines multicolores ; elle se risqua jusqu'au Népal où les femmes des Sherpa lui montrèrent comment mêler les couleurs pour faire de magnifiques dessins.

Elle voyagea ainsi longtemps, très longtemps…

Sans jamais savoir où elle allait, elle marchait devant elle.

Quand, un jour, elle aperçut, au détour
d'un chemin, un morceau de tricot,
tout fade, fait de laine brute.

C'était le début de son tricot !!!

Celui qu'elle avait commencé dans
son terrier.
Elle était donc de retour à la maison.
Elle avait fait le tour de la terre !

Elle raconta à sa famille tous les détails de ses voyages, les rencontres avec des gens tous différents par les habitudes de vie, par leur nourriture…
Tous l'avaient accueillie avec beaucoup de gentillesse.
Elle rassura son papa, disant que, bien sûr, les dangers existaient. Elle en avait rencontré, d'ailleurs !
Comme cet énorme tigre qui la poursuivit dans la jungle et auquel elle réussit à échapper, grâce à un petit singe qui, venant de nulle part et accroché à une liane, l'avait soulevée de terre et sauvée des griffes de ce gigantesque fauve.

Ou, encore, lorsqu'elle avait dû traverser le Zaïre,
fleuve très tumultueux.
Sa petite taille ne lui permettant pas de s'y aventurer,
elle se demandait comment le traverser quand un
magnifique oiseau de paradis lui proposa de la déposer
sur l'autre rive du fleuve. Elle accepta, n'ayant pas le
choix, mais elle eut une peur bleue et se promit de
prendre un autre chemin la prochaine fois.

Mais elle ne regrettait pas ces aventures.
Elle se sentait plus forte maintenant.
Elle avait compris qu'il ne faut pas vivre
caché, et que la vie c'était aussi cela !

14 histoires douces
pour petits et grands rêveurs :

Les larmes de Justin — de Mireille Saver

Les génies du parc — de Mireille Saver

Eric et l'albatros — de Caroline Guirriec

La ronde des enfants du monde — de Corinne Machon

Mon ami grillon — de Corinne Machon

Monsieur l'Ours polaire — de Karine Perez

La couleur de peau — de Sandrine Monnier-Murariu

Blanc Bec — de Odile Delattre

Le loup et la renarde — de Florence de Finance

Les pouvoirs de la fée Gentiane — de Mireille Saver

Une grand-mère à louer — de Corinne Machon

Madeleine — de Marie-Josée Besnard-Bardinat

L'ours et la fée — de Florence de Finance

Tricotine la lapine — de Chantal Amblard